Texte de Marc Tremblay
Illustrations de Fil et Julie

Le petit frère
du chaperon rouge

la courte échelle

Les éditions de la courte échelle inc.
5243, boul. Saint-Laurent
Montréal (Québec) H2T 1S4

Direction littéraire et artistique:
Annie Langlois

Révision:
Simon Tucker

Conception graphique de la couverture:
Elastik

Conception graphique de l'intérieur:
Derome design inc.

Mise en pages:
Mardigrafe inc.

Dépôt légal, 1er trimestre 2004
Bibliothèque nationale du Québec

La courte échelle reconnaît l'aide financière du gouvernement du Canada par l'entremise du Programme d'aide au développement de l'industrie de l'édition pour ses activités d'édition. La courte échelle est aussi inscrite au programme de subvention globale du Conseil des Arts du Canada et reçoit l'appui du gouvernement du Québec par l'intermédiaire de la SODEC.

La courte échelle bénéficie également du Programme de crédit d'impôt pour l'édition de livres — Gestion SODEC — du gouvernement du Québec.

Données de catalogage avant publication (Canada)

Tremblay, Marc

    Le petit frère du chaperon rouge

    (Il était une fois...; 17)

    ISBN 2-89021-698-5

    I. Fil et Julie. II. Titre. III. Collection: Il était une fois... (Montréal, Québec), 17.

PS8589.R449I4 2004   jC843'.6   C2003 911002-0
PS9589.R449I4 2004

Il était une fois…

Au bout d'un village, à l'orée de la forêt, dans une jolie maison, habite le Petit Chaperon rouge. Un après-midi, la fillette est assise à une table devant la cheminée du salon. Elle dessine le loup qu'elle a rencontré l'été précédent. À ses côtés, son petit frère construit un château avec des cubes de bois.

Leur mère les rejoint en tenant un panier.

— Ma chérie, dit-elle, voudrais-tu porter ces biscuits au chocolat et ce petit pot de beurre à ta grand-mère, dans la forêt?

La petite fille soupire:

— Maman, pourquoi est-ce toujours moi qui vais chez grand-mère? Il fait froid, aujourd'hui!

Son petit frère se lève:

— J'aimerais y aller, moi!

Sa mère réfléchit un instant:

— D'accord. Prends garde au loup! Et ne t'attarde pas en chemin!

Le petit garçon revêt son manteau préféré: son parka violet, avec un grand capuchon. Il porte si souvent ce vêtement que les gens du village le surnomment le Petit Parka violet.

Il enfile sa tuque bleue, son foulard, ses mitaines et ses bottes. Puis il prend ses raquettes, appuyées contre le mur, sort de la maison et marche vers la forêt.

Le petit garçon avance entre les grands sapins couverts d'une fine couche blanche. Soudain, un loup jaillit sur le sentier en criant:

— Bou!

Le Petit Parka violet est surpris. Toutefois, il n'a pas peur, car le loup est petit.

— Qui es-tu? demande l'enfant.

— Je suis le petit frère du grand méchant loup! Je dois t'effrayer!

— Tu n'es pas effrayant!

— Mais si! Je suis redoutable et terrifiant!

Voyant que le garçon demeure calme, Petit Loup s'attriste.

— Tu n'as pas peur? questionne-t-il, les larmes aux yeux. Même pas un peu?

Le Petit Parka violet se sent ému:

— Eh bien si, j'ai un peu peur.

— C'est vrai?

— Oui, oui.

Petit Loup essuie les larmes qui commencent à geler sur le bout de son nez:

— Où vas-tu?

— Je vais chez ma grand-mère, lui porter un petit pot de beurre et des biscuits au chocolat.

Petit Loup se gratte l'oreille:

— Que me conseillerait mon grand frère? marmonne-t-il. Ah oui! Je dois me rendre au même endroit que ce garçon et arriver le premier.

Il ajoute, à haute voix:

— Je veux aller chez ta grand-mère, moi aussi! Faisons une course. Prends le chemin de gauche et j'irai à droite.

— Tu es sûr de ne pas te tromper? Tu as choisi le chemin le plus long.

— Mais non! Un, deux, trois… Partons!

Petit Loup avance sur le chemin de droite et le Petit Parka violet sur celui de gauche. L'enfant entend bientôt un triste hurlement: «Aaoouuh!» Il retourne sur ses pas, continue sur l'autre voie et découvre Petit Loup enfoncé dans la neige jusqu'à la taille.

— Qu'est-ce qui t'est arrivé? demande l'enfant, tout étonné.

— Je m'enfonce dans la neige à chaque pas. Et je me suis perdu. J'ai marché à côté du sentier et je suis tombé dans le fossé.

Le Petit Parka violet aide Petit Loup à sortir de la neige. L'enfant a une bonne idée. Il ramasse deux branches d'un sapin que le vent a cassé et les tend au loup:

— Attache ces branches sous tes pieds, tu auras des raquettes, toi aussi! Prends le chemin de gauche. Je continuerai par ici!

Petit Loup attache les branches de sapin sous ses pieds. Il donne de nouveau le signal du départ:

— Un, deux, trois… Partons!

Petit Loup marche plus rapidement, grâce à ses raquettes. Bientôt, il rejoint une jolie maison tout en briques, avec une cheminée qui fume: il est arrivé chez grand-mère le premier. Il cogne à la porte.

— Qui est là? demande une voix de dame âgée.

Petit Loup se rappelle ce que lui a dit son grand frère. Pour entrer dans la maison, il doit se faire passer pour un autre:

— Je suis ton petit-fils, le Petit Parka violet.

— Entre.

— Comment?

— Tire la chevillette, la bobinette cherra.

— Je ne comprends rien du tout!

La grand-mère tourne la poignée et ouvre la porte.

— Oh! tu n'es pas mon petit-fils. Tu es un charmant petit loup!

— Je ne suis pas charmant! ronchonne Petit Loup. Ce sont les princes qui sont charmants, pas les loups! Je dois vous faire peur et vous manger!

— Tu veux me manger?

— À vrai dire, je préfère la tarte aux pommes.

À la pensée de son dessert préféré, il sent son estomac gargouiller. Grand-mère sourit:

— Tu sembles avoir faim. Je voulais justement préparer une tarte. Je dois passer prendre des pommes chez ma voisine. Repose-toi dans la maison en attendant.

Grand-mère enfile ses bottes et son manteau, puis elle sort.

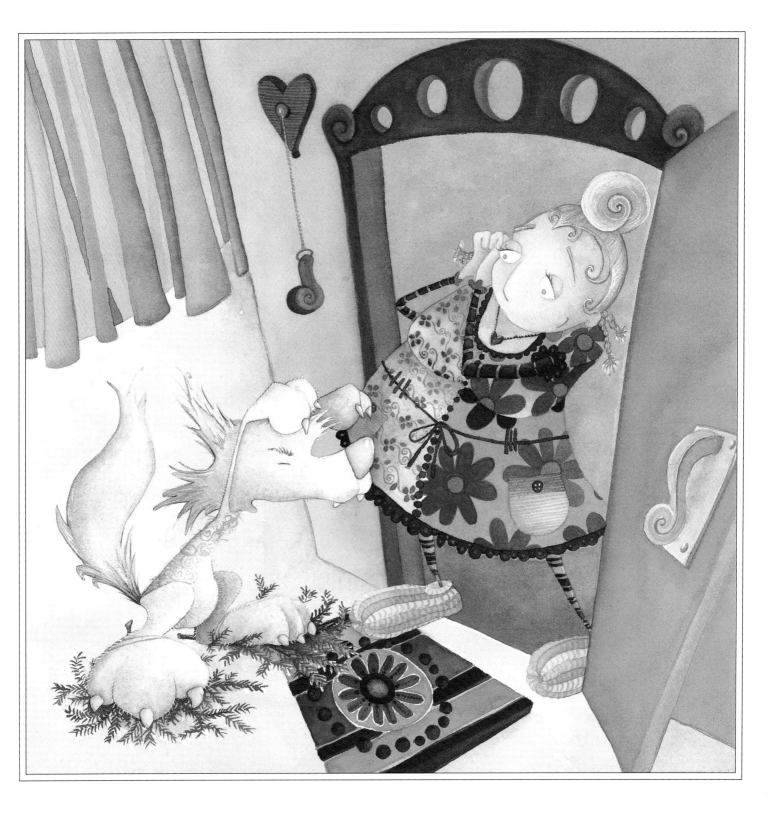

Resté seul, le loup se promène d'une pièce à l'autre en réfléchissant tout haut.

— Que dois-je faire, maintenant? Ah oui! Me déguiser, pour tendre un piège au Petit Parka violet!

Petit Loup se cherche des vêtements. Il trouve dans une armoire un grand chandail de laine bleu. Lorsqu'il l'enfile, les manches pendent sur le plancher. Il prend aussi les lunettes de lecture de grand-mère, qu'il place sur son museau, et des cache-oreilles.

Une fois déguisé, il grimpe sur la chaise berçante du salon.

Le Petit Parka violet cogne à la porte.

— Qui est là? demande Petit Loup, en imitant la voix de grand-mère.

— Le Petit Parka violet!

— Tire la chenillette et la bobinette te saluera!

— Qu'est-ce que tu dis?

— Tourne la poignée!

Le Petit Parka violet entre dans la maison. Il retire ses mitaines, sa tuque, son foulard, son manteau et ses bottes. Dans le salon, sa grand-mère se berce, vêtue d'un long chandail. L'enfant la trouve bien plus petite qu'à l'habitude! Il s'étonne:

— Pourquoi portes-tu des lunettes, grand-maman?

— C'est pour mieux te voir, mon enfant! s'exclame Petit Loup, en se retenant pour ne pas rire.

— Est-ce que tu me vois mieux? demande le petit garçon.

— Non! Je vois embrouillé.

— Pourquoi portes-tu des cache-oreilles?

— C'est pour mieux t'entendre, mon enfant!

— M'entends-tu mieux?

— Non! J'entends très mal! Parle plus fort!

— Pourquoi as-tu un grand nez poilu?

— Tu trouves que j'ai un grand nez?

Petit Loup est vexé. Le petit garçon remarque un autre détail étrange:

— Pourquoi as-tu de si grandes dents? Tu n'es pas grand-maman! Tu es le loup!

Petit Loup se jette sur le Petit Parka violet. Celui-ci n'a pas peur, mais il se sauve et zigzague entre les meubles. Petit Loup court, lui aussi. Avec les lunettes, il voit des formes floues partout et se cogne contre le mur.

À ce moment, la porte d'entrée s'ouvre. Petit Loup voit une haute silhouette qui porte un bâton, peut-être un fusil.

— Non! Non! Ne tirez pas sur moi, monsieur le chasseur, crie-t-il, terrifié.

Mais il s'agit de grand-mère.

— Petit Loup, je ne suis pas le chasseur, je suis mère-grand! Je tiens un sac de pommes et une baguette de pain, pas un fusil! Tu devrais enlever ces lunettes. Elles ne te vont pas du tout.

Petit Loup retire son déguisement. La grand-mère et le petit garçon lui sourient gentiment.

— Personne n'a peur de moi! gémit-il en pleurant.

— Pourquoi veux-tu effrayer les gens? demande le Petit Parka violet.

— Mon grand frère m'a appris que c'est ce que font les loups.

— Ça ne doit pas être toujours amusant de faire le méchant loup.

— Non… les animaux de la forêt se tiennent loin de moi… Et je me retrouve tout seul.

— Je m'amuse beaucoup avec toi. Nous pourrions continuer dehors.

Le Petit Parka violet et Petit Loup sortent de la maison. Ils jouent à se poursuivre. Quand ils commencent à se fatiguer, ils cherchent un jeu plus reposant. Ils forment une grosse boule de neige. Deux animaux de la forêt, un lièvre et un raton laveur, les observent, derrière un arbre. Comme Petit Loup semble gentil, ils s'approchent et aident les deux nouveaux amis à construire un bonhomme de neige.

Un peu plus tard, grand-mère les invite tous à rentrer. Elle a préparé une collation. Sur la table, il y a une assiette de tartines de beurre et des biscuits au chocolat. Le Petit Parka violet remercie sa grand-mère. Petit Loup, lui, ouvre grand sa gueule et dévore… un morceau de tarte aux pommes!

Achevé d'imprimer sur les presses
de Transcontinental Litho Acme inc.